Sta per Averla

William vuole Jesse più di ogni altra cosa al mondo

Ashley Colem

This is a work of fiction. Similarities to real people, places, or events are entirely coincidental.

STA PER AVERLA

First edition. December 16, 2023.

Copyright © 2023 Ashley Colem.

ISBN: 979-8223074908

Written by Ashley Colem.

Also by Ashley Colem

Bien Trop Brutal

Obsede Par Elle

Limite dépassée

Amour Improbable

Kataliya, la Parfaite Élue

Le Choix Ultime d'un Seul Amour

Réveille-toi, Barbara

Sexe à Répétition

Taïna est en feu

Captive d'une Nuit Enneigée: Jusqu'à ce qu'elle apparaisse et que son âme se sente captivée

Ces Attouchements Tabous: Cette nuit-là, il a changé ma vie pour toujours

Épuisement: Sienna est peut-être jeune, mais son corps sait ce dont il a besoin

Il va l'avoir: William veut Jesse plus que tout au monde

La Femme de ses Rêves: Il est obsédé par la jeune beauté qui lui a volé son cœur

Le No 1 des Connards: Il ne cherche pas d'excuses pour ce qu'il est ou ce qu'il fait

L'étrange Mariage du Milliardaire

Maintenant... Elle est à moi pour Toujours: Je mets un bébé dans son ventre et une bague en diamant à son doigt

Piégé par elle
Tenir si Fort: Il ne savait pas qu'une obsession pouvait s'emparer de lui aussi fort
Un Alpha de Mauvais Caractère: Aucune femme n'a jamais été capable de le gérer
Un Échange Très Étrange: Le destin de Cian et de Serenity, croisés dans un lycée américain
Limite Superato
Amore Improbabile
Kataliya, la Perfetta
La Scelta Definitiva di un Singolo Amore
Sesso ripetuto
Taina è in Fiamme
Esaurimento
Intrappolato da lei
La Donna dei Suoi Sogni
Lo Stronzo #1
Ora è mia... per sempre
Prigioniero in una Notte di Neve
Sta per Averla
Stringere Così Forte

William è scappato di prigione per dimostrare la sua innocenza, ma prima di poterlo fare, ha bisogno di un posto sicuro dove nascondersi. Quando una donna formosa si dirige verso la sua macchina in una zona appartata di un parcheggio, lui vede l'occasione perfetta. Tenendola sotto tiro, costringe questa donna a portarla a casa sua.

Questa non è la prima volta che Jesse viene tenuta sotto tiro, e in realtà non ha paura di William. C'è qualcosa nei suoi occhi che le fa capire che non le farà del male, il che è pazzesco ed è questo che la spaventa.

È il primo uomo che abbia mai desiderato, ma deve resistergli. Non c'è posto per l'amore nella vita di Jesse.

William vuole Jesse più di ogni altra cosa al mondo e l'avrà. Venire a conoscenza degli abusi subiti in passato non la fa vedere in modo diverso. Sa solo che lei merita un uomo senza una nuvola nera che incombe sulla sua testa.

Ripulirà il suo nome, ma cosa succederà dopo? Tornerà indietro e rivendicherà Jesse come sua, o la lascerà andare?

Capitolo 1

William avvolse il braccio attorno alla donna formosa e sentì il suo culo contro il suo cazzo. Dannazione, questo non avrebbe dovuto fargli pensare al sesso, o a prenderla duro. Non aveva una donna da molto tempo, ma essere incarcerato per omicidio avrebbe fatto lo stesso. L'unica prova che avrebbe potuto salvarlo era stata distrutta, o almeno così pensavano gli uomini che lo avevano incastrato. Tutti avevano lavorato contro di lui, ed era stato troppo stupido per fidarsi di coloro che pensava fossero lì per aiutarlo.

"Per favore, non uccidermi", ha detto.

Anche la sua voce gli sembrava così dolce. Aveva sempre avuto un debole per le curve, e questa donna era così tenera e scopabile. Lei era la chiave per scappare. Non poteva restare lì, e sperava in Dio che vivesse lontano dalla polizia. Nessuno aveva prestato loro attenzione fino a quel momento, ed era esattamente così che voleva che rimanesse.

"Fai quello che ti dico, non provare niente di divertente e non ti ucciderò." In quel momento era l'ultima cosa che voleva fare. Il suo cazzo era davvero felice di essere accanto a lei.

"Va bene."

«Bene, metti giù la spesa e voglio che tu ti metta al volante. Non emettere un solo suono e non far sapere a nessuno che sei arrabbiato. Ti ucciderò prima ancora che qualcuno arrivi qui ad aiutarti.

Lei annuì.

Al conteggio di tre, le disse di farlo.

Posò la borsa della spesa nel retro della macchina, abbassando il bagagliaio. Si diresse verso il lato del passeggero e salirono insieme sul veicolo. Le sue mani tremavano mentre avviava il motore. Uscendo dal piccolo negozio di alimentari, la guardò sorridere ad alcune persone che passavano e salutarle con la mano.

"Vuoi che ti accompagni da qualche parte?"

"Dove vivi?"

Si mordicchiò il labbro e guardò verso di lui.

Agitandole la pistola in faccia, scosse la testa. "Non ho tutto il giorno."

"Vivo vicino alla foresta."

"Solo?"

Aprì la bocca, poi la chiuse.

«Lo saprò se stai mentendo. Avanti, ragazzina, dimmelo. Vivi da solo?"

"Non sono una ragazza e sì, vivo da sola." Gli lanciò un'occhiataccia. "Vuoi per favore mettere giù quella dannata pistola? Non mi sta facendo alcun favore in questo momento, e non c'è nessuno in giro per chilometri. "

"Hai un po' la bocca aperta."

"Non sono io quello che chiede favori qui."

"Stai attento", ha detto.

"Allora uccidimi", disse.

"Solo un secondo fa mi stavi dicendo di non ucciderti."

"Bene, ora ho cambiato idea. Stiamo andando a casa mia e non permetterò che tu mi minacci, puntandomi una pistola. È maleducato."

La fissò, un po' scioccato dal suo scatto improvviso e dalla sua spina dorsale.

"Sei pazzo."

"Non sei la prima persona a dirmelo, e sono abbastanza sicuro che non sarai l'ultima. Sii grato. La metà delle donne in città si sarebbe messa a urlare se gli avessero mostrato una pistola."

Questo lo spinse a guardarla. Non aveva urlato né gridato aiuto. Il suo sguardo era spalancato mentre lo guardava.

"Perché non l'hai fatto?"

"Non sei il primo a puntarmi una pistola in faccia."

Vide le sue mani stringere ancora più forte il volante e non gli piaceva il modo in cui gli si contorceva lo stomaco.

"Immagino che tu sia un criminale? In fuga?»

"SÌ."

"Sai come finisce questa storia, vero? Ti danno la caccia, ti trovano e ti riportano da dove sei venuto", ha detto.

"Non questa volta."

"Hai intenzione di superare in astuzia la legge?"

"Questo è quello che farò e dimostrerò che sono innocente."

Lei alzò le spalle e continuò a guidare.

"Non mi chiederai perché ero in prigione?" chiese.

"Non lo so, non mi interessa. Non mi aiuterà, vero?"

"Come ti chiami?" Non gli piaceva non sapere il suo nome, o come chiamarla.

"Jesse. Qual è il tuo?"

"William."

"Piacere di conoscerti."

Questo lo fece ridere. "Sei semplicemente pieno di sorprese oggi."

"Deve esserlo. Devi vivere ogni singolo giorno come viene.

Si allontanò dalla strada e iniziò a prendere una strada breve e stretta. Entrarono in un gruppo di alberi e dovettero aver guidato per più di due miglia prima che lei uscisse e lì, sullo sfondo della foresta, c'era una grande casa in stile baita.

"Non è molto, ma è casa. Ho elettricità, Wi-Fi e un bagno funzionante." Senza aspettare che lui dicesse nulla, scese dall'auto, andò al bagagliaio e prese la spesa.

Scese dall'auto e la guardò, incerto su cosa dire o fare. Un momento prima aveva avuto paura, e ora le sembrava normale vedere una pistola.

Non lo ha aspettato, entrando in casa senza chiudere la porta. Uscì un grosso Labrador. Il cane gli si avvicinò, lo annusò, poi sembrò vedere che non rappresentava una grande minaccia e se ne andò.

Quando entrò in casa sua, il profumo del limone lo colpì duramente. Non era offensivo per lui. Chiudendo la porta dietro di sé, vide che il soggiorno, che aveva un divano, era tenuto in ordine. C'era la televisione, ma aveva più libri che altro. Contò sei scaffali pieni.

Dirigendosi verso il rumore, trovò Jesse in cucina. Canticchiava tra sé mentre metteva via la spesa.

"Non hai un marito?"

"No."

"Un fidanzato?"

"No."

"Un ragazzo?"

"No. Sono solo me stesso e non hai nulla di cui aver paura. A meno che, ovviamente, qualcuno non ti stia inseguendo, nel qual caso fatti un bagno. Ti preparerò qualcosa da mangiare e potrai andartene."

Lei lo superò e lui la seguì su per una rampa di scale, attraverso una porta. "Ecco il bagno. Passami i tuoi vestiti quando hai finito. Sono anche tuoi?"

"NO. Li ho presi dalla guardia.

"Bene, sbrigati."

Entrando nel bagno, iniziò a togliersi i vestiti, tenendo la pistola vicino. Era davvero pazza.

Jesse lavava i vestiti della detenuta e ogni tanto vedeva il suo riflesso nello specchio. Non avrebbe dovuto aiutarlo, eppure, quando finalmente lo guardò negli occhi, vide la disperazione che c'era lì. Voleva uscire dai guai in cui si era trovato e, essendo il tipo di persona che era, non poteva lasciarlo andare. Sapeva cosa significava essere intrappolata in una situazione dalla quale non poteva uscire.

Mentre i suoi vestiti venivano lavati, lei tornò verso la cucina e cominciò a preparare un panino per entrambi. Imburrando ogni fetta di pane, guardò la porta per vedere quando lui sarebbe entrato.

Non dovette aspettare a lungo. Con un asciugamano avvolto intorno alla vita, apparve William. Ogni volta che la guardava, sembrava un po' più confuso.

"Puoi sederti", disse.

Fu un po' sorpresa nel vedere che le sue mani erano davvero ferme. Tutto sommato, immaginava che sarebbe stata quantomeno nervosa di fronte a un uomo intenzionato a usare una pistola.

Ecco perché sei strano e nessuno vuole avere niente a che fare con te.

"Sai, non era così che immaginavo sarebbe andata", ha detto.

"Sono sicuro che ci sono molte cose che hai immaginato nel corso degli anni e che ti hanno colto di sorpresa." Gli tagliò il panino a triangoli e glielo mise davanti. "Godere."

Sedendosi di fronte a lui, poté dare un'occhiata al suo corpo e fissare i numerosi tatuaggi che lo coprivano. Erano solo segni, inchiostro intrecciato in grandi linee nere. Anche i suoi muscoli risaltavano, anche se li aveva coperti dall'inchiostro. Mangiò il suo panino e guardò mentre lui faceva lo stesso, solo l'espressione estasiata sul suo viso la incuriosiva.

"Non mangi da un po'?"

"Diciamo che era da tanto che non mangiavo un bel panino. Il cibo all'interno lascia molto a desiderare."

Lei non rispose e continuò a mangiare finché il piatto non fu di nuovo vuoto, passando da una cosa all'altra. Cibo finito, piatti lavati e normalmente trovava qualcosa da pulire o estirpare le erbacce in giardino. Con William lì, non sapeva davvero cosa fare, quindi, cercando di ignorarlo, si spostò verso il salotto. Prese un libro dallo scaffale, si sedette, alzò i piedi e cominciò a leggere le numerose pagine senza vedere una sola parola.

Questa era la sua vita. Cucinare, leggere, pulire, andare in città e raramente fare altro.

William entrò nella stanza e con la coda dell'occhio lo vide dirigersi verso il caminetto e iniziare a guardare ciascuna delle poche fotografie che teneva.

"Perché a ognuno manca una parte?" chiese.

Alzò lo sguardo.

Teneva in mano una sola foto, con l'indice puntato verso il pezzo mancante.

"Perché... non voglio quella persona nella mia foto." Ora la sua mano tremava sul libro e lei si alzò. "Vado a vedere se i tuoi vestiti sono pronti."

Lasciando la stanza, si diresse nel bagno. Appoggiandosi al bancone, chiuse gli occhi e contò fino a dieci.

Jesse le mise una mano sul petto nel tentativo di calmarle i nervi, ma comunque non funzionò.

"Non volevo farti preoccupare," disse William.

Costringendosi a rilassarsi, si voltò verso di lui e le sue braccia erano incrociate, appoggiate con nonchalance allo stipite della porta come se avesse il diritto di essere lì.

"Non l'hai fatto."

"Mi sembrava che tu stessi avendo un attacco di panico."

"Non era niente."

Il bucato era finito e lei lo tirò fuori e lo mise nell'asciugatrice.

"Hai una bella casa."

"Non puoi restare qui", disse.

«A nessuno in città importava che avessi uno strano uomo nella tua macchina. In effetti, a malapena guardavano nella tua direzione, alzando la mano in un unico segno di riconoscimento", ha detto.

Ancora una volta, non parlò e si diresse verso la cucina, e quando arrivò quella sensazione di affondamento, come se qualcuno le stesse artigliando il petto, cercando di uscire, aprì la porta sul retro mentre il suo cane entrava di corsa. Lui la superò e lei gli accarezzò la lunga schiena, uscendo e facendo diversi respiri profondi.

La città non voleva conoscerla.

Era un promemoria di ciò che non erano riusciti a vedere.

William non capì che lei volesse restare sola e la seguì fuori. Odiava il fatto di sentirlo. Gli uomini non significavano niente per lei. Non avrebbe mai voluto stare vicino a loro e, finché non lo avesse visto, nulla era cambiato.

Cosa lo ha reso così diverso?

"Hai detto che avevi già puntato una pistola contro di te, e l'hai fatto sembrare così casuale, come se ci fossi abituato."

"Ero." Sfregandosi le braccia, finalmente si permise di affrontare quest'uomo che era scappato di prigione.

Nel giro di poche ore, sembrava che lui si preoccupasse di lei un po' di più di chiunque la conoscesse da anni. Quando la guardò, la vide. Non c'era nessuno sguardo fugace, nessuna scusa, niente. Si limitò a fissarla e, quando lo fece, lei non riuscì a nascondersi. Non poteva scappare, anche se lui se n'era andato da anni.

"Chi è l'uomo nella foto?" chiese.

"Non dovresti fare domande."

"Immagino che non molte persone ti abbiano prestato così tanta attenzione", disse William. "Potrei ucciderti adesso, e nessuno lo saprebbe per settimane."

Nessuno l'avrebbe mai trovata perché si rifiutavano di venire quassù a vederla, a meno che non fosse suo padre a fare il viaggio ogni volta che ne aveva voglia, il che non accadeva spesso. Non lo ha detto a William.

"Sono solo uno sconosciuto di passaggio, Jesse."

"Allora perché ti interessa?"

"Sono curioso", ha detto.

"L'uomo nella foto era il mio patrigno. Sono abituato ad avere una pistola puntata alla testa perché per anni, dopo aver compiuto dieci anni, lui la usava per violentarmi ogni singola notte. Si assicurava che mia madre fosse svenuta sotto l'effetto della droga in modo che nessuno lo interrompesse.

capitolo 2

Santo cielo!

William la osservò mentre si addentrava nella foresta. Il Labrador corse fuori e iniziò a seguirla. Non sapeva cosa fare, quindi guardò semplicemente il suo culo sinuoso scomparire.

Seduto sul gradino posteriore, si passò una mano sul viso e aveva così tante domande. Il suo patrigno? Dov'era adesso? Aveva cancellato ogni singolo ricordo di lui e viveva qui, lontano dalla città.

Aveva notato il modo in cui le persone le offrivano un saluto passeggero senza molto entusiasmo. Immaginò che fosse la ragazza strana della città, dato che la maggior parte dei posti ce l'avevano. Qualcuno avrebbe sempre avuto pietà e sarebbe stato loro amico.

Jesse era diverso. Era la prova vivente che qualcuno era riuscito a farla franca, facendole del male, ancora e ancora, e nessuno le prestava attenzione.

Lei era la loro colpa vivente.

Rimase, aspettando che tornasse. Il giorno tramontò e scese la notte, e lui aspettava ancora.

Quando ci fu movimento verso il bordo, si accese la luce posteriore e lui la vide apparire con il suo cane al suo fianco.

"Vai spesso a vagare da solo nei boschi?" chiese.

"Perché sei ancora qui?" Si fermò a diversi passi da lui.

"Ho bisogno di vestiti e non so come far funzionare un'asciugatrice, non preoccuparti, l'ho capito."

"Pensavo che ti avessero insegnato quella roba dentro." Lei lo guardò male, e lui dovette ammettere che sembrava davvero carina quando lo faceva.

"Ci hanno insegnato molto, ma asciugare i vestiti non era uno di questi." Ha mentito ed è stato facile. Non sarebbe battuto da un'asciugatrice

Lei sospirò e ancora una volta lo sfiorò. La seguì, assicurandosi di chiudere la porta dopo che il suo cane fosse entrato. Rimise a posto la serratura, fece lo stesso con la porta d'ingresso e la trovò che gli stirava i vestiti, che erano già asciutti.

"Solo perché stai scappando non significa che devi farlo con un aspetto disastroso."

Gli finì i pantaloni e glieli porse. Se li indossò, togliendosi l'asciugamano, e notò che lei si fermò in quello che stava facendo per guardarlo.

"Ti piace quello che vedi?"

Jesse non disse nulla e tornò a stirare la sua roba.

"Immagino... è stato messo dentro?" chiese.

Notò che era tesa.

Scosse la testa. "Mio padre... andavo a trovarlo e lui vedeva il cambiamento in me. Mi vedeva raramente, ma era l'unico a vedere le cicatrici, i lividi". Fece un respiro profondo. «Lui... ehm... gli ha sparato. Ci fu un grosso scandalo, ma lui uccise il mio patrigno e fece arrestare mia madre. Per molto tempo ho vissuto con lui e poi sono venuta qui. Ho trovato questo posto e sapevo che era dove volevo restare."

"Era questa la casa dove è successo tutto?" chiese.

"No. Era in città. La casa non è mai stata venduta e nessuno vuole comprarla". Lei alzò le spalle. "Si trova in una graziosa stradina che dovrebbe contenere molti ricordi, e non molti brutti. Non so nemmeno perché ti sto dicendo questo. Devi andartene."

"A volte è più facile dire qualcosa di brutto a uno sconosciuto che a qualcuno che conosci da anni", ha detto.

Scosse la testa. "Non ne parlo affatto."

"Sei andato a trovare qualcuno con cui parlare?"

Jesse rise. "Sì, sono andato a trovare qualcuno e sono stato costretto a parlarne. Per sei anni la mia vita è stata un incubo e loro pensavano che con qualcuno con cui parlare sarebbero stati in grado di capire cosa stava succedendo. Sono stata violentata ripetutamente e la gente trovava difficile capire che non volevo parlarne. Tutto quello che volevo fare era andare avanti con la mia vita e andare avanti perché è la cosa più semplice da fare. Parlarne non cambierebbe quello che è successo.

La guardò. Finì di stirargli i vestiti e si avvicinò a lui, posandoglieli sul petto.

"Puoi andare ora."

"Fuori è buio", disse.

"Non è il mio problema."

La guardò mentre saliva le scale, senza nemmeno preoccuparsi di vedere se se ne sarebbe andato. Guglielmo sorrise. Ci sarebbe voluto molto di più per sbarazzarsi di lui.

Togliendosi i pantaloni, lasciò addosso i boxer e si diresse al piano di sopra. Sentì scorrere la doccia, quindi si sdraiò sul letto, assicurandosi che ci fosse abbastanza spazio accanto a sé perché lei potesse sdraiarsi.

Non dovette aspettare a lungo. Indossava un paio di pantaloncini e una maglietta ampia.

"Non te ne andrai, vero?"

"Non ancora. Un giorno me ne andrò." Diede una pacca sul letto. "Dai, è ora di dormire un po'."

Lei alzò gli occhi al cielo.

Era sorpreso che lei non discutesse mentre si sdraiava. Lei non gli voltò le spalle, ma lui la guardò mentre prendeva un libro, ignorandolo mentre iniziava a leggere.

"Sai che è scortese."

"Lo stesso vale per la tua accoglienza, ma non posso farci niente."

Ridacchiò. "Non vuoi che me ne vada, non proprio."

"Avrebbe importanza se volessi che te ne andassi?"

Lui scosse la testa. "No." A William piaceva.

Ha fatto una smorfia. "Allora continuerò ad essere scortese, nella speranza che magari mi lascerete in pace e potrò avere un po' di pace".

Questo, ancora una volta, lo fece ridere.

"Sei molto più divertente di qualsiasi coinquilino che abbia mai avuto."

"Continua a ricordarmi che sei stato dentro, e questo mi fa sentire tutto caldo e confuso dentro." Lei alzò gli occhi al cielo e lui la guardò leggere. Era una donna bellissima e gli piaceva guardarla.

Era rinfrescante sentirsi così rilassato vicino a una donna.

Una settimana dopo

William, il Condannato, come Jesse continuava a chiamarlo nella sua mente, non se n'era ancora andato. Seduta sul gradino della veranda sul retro, lo guardò falciare il prato. Avrebbe dovuto farlo quella mattina, ma quando arrivò al lavoro, scoprì che aveva già iniziato. In effetti, nell'ultima settimana, aveva notato che lui faceva molti lavoretti in casa, e non era nemmeno ingrata per questo; lontano da esso.

Poteva permettersi di convincere qualcuno a riparare casa sua. Sarebbe bastato chiamare suo padre e qualcuno sarebbe arrivato. Questo era il tipo di rapporto che aveva con suo padre. Non voleva avere a che fare con nient'altro, ma gli piaceva lanciarle soldi quando ne aveva bisogno. Non le importava perché lo teneva fuori dai suoi affari. Non era mai stata vicina a suo padre e non aveva voluto iniziare. Naturalmente, si fermava a caso quando ne aveva voglia di vederla. Le visite erano sempre brevi, ecco perché non le importavano.

Vabbè.

Le ci era voluto molto tempo, ma conviveva con quello che le era successo. Nessuno voleva avere niente a che fare con lei, e a lei andava più che bene.

William si fermò e lei lo guardò mentre sollevava il braccio e si asciugava un po' di sudore dalla fronte. Dall'aspetto del suo corpo con i suoi muscoli spessi e tatuati, Jesse fu un po' sorpreso dall'improvvisa attrazione dentro di lei. La sua figa divenne liscia e il bisogno percorse ogni singolo nervo dentro di lei. Non sapeva cosa fare perché non era mai successo niente del genere prima. Non era mai stata attratta sessualmente da nessuno.

Lasciò il tosaerba e si avvicinò a lei. "Questo per me?"

Le mancarono le parole e lei semplicemente annuì.

Quest'uomo era andato in prigione.

Dovrebbe essere ancora in prigione.

Nessuno era venuto a prenderlo, non che lei immaginasse che lo avrebbero fatto. Molte persone la ignorarono e scelsero di non avvicinarsi alla foresta. Questo era uno dei motivi per cui aveva scelto questo posto. Il precedente proprietario aveva detto che se stava cercando una vita sociale, allora avrebbe dovuto trovarla altrove. Questa baita era per persone a cui non piaceva il mondo esterno, e lei ne era più che contenta.

Ne aveva fatto parte e ne era rimasta bruciata. L'ultima cosa che voleva era restare lì. La gente la guardava sempre come se fosse una specie di vittima, o come se stesse per scattare da un momento all'altro.

Vivere con il suo vero padre era stato un incubo dato che aveva sempre una guardia con lei nel caso avesse voluto provare qualcosa. Non c'era niente che avrebbe mai voluto provare. Tutto quello che voleva veramente fare era vivere la sua vita e dimenticare il passato.

"Fa davvero caldo oggi", ha detto.

"Sì. Ultimi giorni d'estate."

Sorseggiò il suo drink, rendendosi sempre più conto che lui restava al suo fianco ogni secondo che passava. Mordendosi il labbro, cercò di non pensare a quanto sarebbe stato bello per lui tenerla stretta. Non l'ha spaventata. Non conosceva la storia della sua vita e, a dire il vero, non le importava nemmeno. Se le sue esperienze le avevano insegnato qualcosa, era che le persone vedevano solo ciò che volevano. Raramente cercavano la verità.

"Hai una bella casa", ha detto.

Lei sorrise, girandosi a guardarlo. «È per questo che non sei ancora partito?»

"Potresti semplicemente buttarmi fuori. Niente ti impedisce di farlo."

"No, hai ragione. Niente mi impedisce di farlo, ma poi dovrei falciare il prato, sistemare alcune tegole e dipingere il portico. Non suppongo che tu stia cercando di guadagnarti da vivere, vero?" chiese, dandogli una gomitata sul braccio.

"Affatto. Sto solo cercando di rendermi utile, e mi sembra che un uomo in questo posto ti farebbe bene."

Il suo sorriso si spense un po' e lei distolse lo sguardo. Nessun uomo la vorrebbe mai.

Stringendo un po' più forte il bicchiere, osservò il suo cane sdraiarsi, strofinando la schiena sull'erba.

"Quali sono i tuoi programmi per quando arriverà l'inverno? La neve cade e puoi rimanere intrappolato qui per settimane, William.

Non è un buon posto dove stare se qualcuno ti dà la caccia o se vuoi allontanarti il più possibile da qui."

"Non avevo fatto progetti per quello che sarebbe successo dopo."

"Chi ti ha incastrato?" lei chiese.

"Il mio capo."

"E sai davvero come riabilitare il tuo nome?"

"Sì, e tutto ciò che serve è una visita a una cassetta di sicurezza."

"In una banca?" lei chiese.

"È lui. Ne ho aperto uno ed è lì che ho messo il nastro di sicurezza con sopra il mio nome.

Lei si accigliò. "Perché non l'hai detto a nessun altro?"

"Non avevo nessuno dalla mia parte. Si è assicurato che il mio caso venisse trattato in tutta fretta e che avessero tutte le "prove" necessarie".

Jesse si massaggiò la tempia. "Hai qualche piano su come riabilitare il tuo nome con questo nastro?"

"SÌ. Ho intenzione di caricarlo e mostrare al mondo che sono innocente, e mentre ciò accade, spero che il mio nome venga cancellato.

Sorseggiò il suo drink e ci pensò. "Avrai bisogno di aiuto."

"Sì, lo sono, ma non posso andare subito", ha detto.

"Perché no?"

"È proprio nel centro della città, e se mi prendono, mi ributtano subito in prigione, e avrò ancora più difficoltà ad andarmene."

"Cosa vuoi fare?" lei chiese.

"Qualunque cosa devo fare. Devo restare qui ancora per un paio di settimane, un mese, forse due. Abbastanza tempo perché la gente pensi che ho lasciato il Paese, e poi quando si renderanno conto che sono ancora qui, pubblicherò il video e sarò libero.

"Ti aiuterò", disse.

"Desideri?"

"SÌ. Non mi piace quando la vita delle persone viene rovinata dalle azioni degli altri". Appoggiò la testa sulla sua spalla. "Ti aiuterò, William."

Quando lui la abbracciò, e lei si sentì così al sicuro tra le sue braccia, chiuse gli occhi e sperò di non perdersi nel processo.

capitolo 3

Hanno trovato una routine insieme. William condivideva i pasti con lei, faceva lavoretti in casa e di notte sedeva con lei a guardare la televisione mentre lei leggeva, o viceversa. Amava i suoi libri, ma amava semplicemente passare il tempo con lei.

Jesse era una brava donna; una donna gentile. Nelle poche settimane trascorse con lei, si ritrovò a prendersi cura di lei sempre di più. Non c'era modo di nascondersi dai sentimenti che lei evocava dentro di lui, dal suo sorriso al guardarla dormire, e lui la guardava dormire mentre condividevano il letto.

Ovviamente trascorreva la maggior parte del tempo insieme ignorandolo. O leggeva un libro o semplicemente si rannicchiava e andava a dormire.

Così si ritrovò una domenica mattina; guardandola dormire. Quando si addormentavano, lei veniva sempre allontanata da lui, ma doveva essersi spostata durante la notte. Le sue mani erano giunte insieme, appoggiate sotto la testa, e sembrava così pacifica. Allungandosi, le scostò un piccolo ricciolo dal viso e la guardò semplicemente dormire.

Il suo cazzo si tese, ma ignorò il bisogno di toccarla. L'ultima cosa che voleva fare era spaventarla.

Un sospiro lasciò le sue labbra e lei aprì gli occhi. Lei gli sorrise e il cuore gli balzò nel petto.

"Giorno", disse.

"Buongiorno a voi."

«È da molto che mi guardi dormire?» lei chiese.

"No. Solo pochi minuti. Forse mezz'ora."

Si strofinò gli occhi. "Non è affatto inquietante. Devo sembrare spaventato.

Non poté resistere e le toccò il viso, facendole scorrere il pollice sul labbro inferiore.

"Penso che tu sia così bella. Nessuno potrebbe mai essere più bello".

Vide che la sorprendeva, ma non gli importava. Questa donna era tante cose diverse. Non era abituato alle donne che si preoccupavano degli altri, e ogni volta che guardava una delle foto che teneva, sapeva che aveva un passato oscuro. Uno pieno di più orrori di quanto avrebbe mai potuto immaginare.

Si era sbarazzato della pistola che le aveva puntato contro e l'aveva avvolta in una scatola nel seminterrato. Non le avrebbe mai indicato nulla e, solo quando ne avesse avuto bisogno, l'avrebbe tirato fuori di nuovo.

"Non dovresti farlo", ha detto.

Non ha smesso di toccarla. Non voleva smettere mai di toccarla. Era una donna così bella. "Perché no? Ti spavento?"

"Non mi spaventi."

"Che cos'è?" chiese, preoccupato di averle fatto pensare a quella stronzata.

"Mi fai desiderare cose che davvero non dovrei volere."

Ok, ora il suo uccello pensava a un sacco di cose diverse. "Cosa vuoi?"

"Ti voglio e non dovrei volerti."

"Perché non dovresti volermi?"

Lei ridacchiò. "Quello ovvio, sei un detenuto."

"Sono stato imprigionato ingiustamente".

"E secondo, non guardarmi come se stessi per rompermi."

"So che non lo sei."

"Sono un mostro, William."

"Non sei un mostro. Sei un combattente. Una donna che è sopravvissuta così tanto e merita di avere un po' di felicità. Tanta felicità."

"Non vedi una donna maltrattata quando mi guardi?" lei chiese.

Le lacrime nei suoi occhi sarebbero rimaste con lui per sempre. "NO. Io non." E ora avrebbe corso un rischio. "Vedo una donna bellissima, Jesse. Non solo vedo una bella donna, ma le cose che voglio farti, dovresti buttarmi fuori adesso, chiamarmi lo stronzo che sono, e starmi lontano.

"Cosa vuoi farmi?"

Lei non ha prestato ascolto al suo avvertimento.

Facendo scorrere lentamente le dita lungo il suo collo, le stuzzicò il polso e si avvicinò al bordo del suo top corto. Non indossava un reggiseno e lui vide il contorno del suo capezzolo. Accarezzandole il bocciolo con il pollice, la guardò sussultare.

"Ti penso nudo. Come apparirebbero queste splendide tette e che sapore avrebbero. Penso di scoparti e voglio infilarti il mio cazzo così in profondità dentro di te che urli il mio nome, implorando di più. Non voglio mai fermarmi e voglio sempre sentire il piacere nella tua voce, sempre. Non passa un momento in cui non penso a quanto sarebbe bella la tua fica stretta avvolta attorno al mio cazzo.

Non sapeva se stava esagerando, ma decise che, quando si trattava di Jesse, le avrebbe sempre detto la verità. Non avrebbe cercato di risparmiarla.

Sarebbe stato lui ad aiutarla a guidarla, a mostrarle che aveva qualcuno che la prendeva quando diventava un po' troppo difficile.

"Non sono una vergine innocente", ha detto.

"Sono un po' sopravvalutati", ha detto. "Stai leggendo troppi libri."

Il suo sguardo si spostò sulle sue labbra e lui la osservò mentre leccava le sue, quasi come se stesse immaginando come sarebbe stato assaggiarlo.

"Baciami, William, per favore."

Non c'era bisogno che glielo chiedesse due volte. Premendo le labbra contro le sue, le prese la guancia e le inclinò la testa all'indietro.

Dapprima con leggerezza, esplorò la sua bocca e chiuse gli occhi mentre il suo cazzo diventava ancora più duro. Le sue mani si posarono sul suo petto e, se lo avesse spinto via, lui non avrebbe spinto. Non ha cercato di allontanarlo da lei. La sua mano gli strinse la maglietta, trascinandolo più vicino.

Le sue labbra erano più salde mentre premevano contro le sue, e vedendo che non sarebbe scappata spaventata, non si trattenne.

Leccandole le labbra, approfittò del momento in cui lei sussultò, tuffandosi dentro per assaporarla.

La figa di Jesse era così bagnata, i suoi capezzoli erano davvero stretti. Lo voleva e non poteva resistergli. Nel momento in cui le labbra di William toccarono le sue, fu come se avesse creato un inferno dentro di lei. Non conosceva il tocco di nessun altro uomo, ma lo voleva. La mano sulla sua guancia si abbassò e lui le prese la tetta.

Lui le pizzicò il capezzolo e lei sussultò, interrompendo il bacio, inarcandosi. William le sollevò la maglietta, esponendole il petto, e lei sussultò mentre lui la prendeva in bocca, mordendo il duro germoglio prima di succhiarlo.

"È fantastico", ha detto. "Non fermarti."

Fece scorrere la lingua verso l'altro seno e fece lo stesso, mostrando attenzione a ciascuno. Era in fiamme. Premendo insieme le cosce, cercò di alleviare la pressione, ma non era abbastanza.

William la spostò, spostando i cuscini che lei aveva usato per creare un muro tra loro, e la portò al centro del letto.

Allargandole le gambe, lui si mosse tra di loro, e lei sentì la dura cresta del suo cazzo premerle contro lo stomaco.

Le sue labbra erano ancora una volta sulle sue, e lei gemette nella sua bocca, avendo bisogno del suo tocco più di ogni altra cosa.

"Sì, sì", ha detto.

Lui le baciò il collo, prendendole di nuovo i capezzoli, e poi si spostò giù, togliendole i pantaloncini dal corpo.

Non indossava mutandine e William non le avrebbe permesso di nascondersi, non che lei volesse farlo. Il suo sguardo le diceva tante cose, insieme al profilo del suo cazzo che premeva contro i suoi boxer.

Le sue mani erano appoggiate sulle sue ginocchia e le allargò le gambe. Quando lei fece per toccarsi, lui scosse la testa. "No, voglio vedere la tua bella figa."

Mise le mani accanto alle gambe e attese. Non sapeva cosa si aspettava. Le sue dita percorsero i peli fini e quando scivolò nella fessura lei sussultò, inarcandosi.

Le toccò il clitoride, facendo scorrere il dito sulla protuberanza gonfia, facendola sussultare. Si era accarezzata la figa molte volte prima, ma non l'aveva mai provato. Mordendosi il labbro, cercò di trattenere i gemiti mentre lui faceva scivolare un dito dentro di lei.

Quando fu aggiunto un secondo dito, lei si alzò per incontrarlo.

"Non trattarmi come se potessi rompermi. Non lo farò. Prometto."

"Non sono. Sto solo guardando cosa ti fa impazzire. Guarda mentre ti tocco."

Guardando in basso tra le sue cosce, vide le sue dita dentro di sé e le sentì. Il suo pollice premette contro il suo clitoride, scivolando avanti e indietro. Il duplice piacere era quasi troppo.

"Adoro quanto ti senti stretto, tesoro. Così dannatamente stretto." Gemette. "Ho bisogno di assaggiare questa fica."

Le sue dita si staccarono e lei piagnucolò.

Il fuoco non si spense dentro di lei mentre lo guardava leccarsi la crema dalle dita.

"Hai un sapore così dannatamente perfetto", ha detto.

Si spostò sul letto, catturandole i fianchi con la testa in bilico sopra la sua figa. Le aprì la figa e lei non distolse lo sguardo nemmeno quando la sua lingua iniziò ad attaccarle il clitoride.

La sensazione era fuori dal mondo. Pensava di aver sperimentato tutto, ma nel momento in cui lui la toccava, non aveva mai provato nulla prima.

Voleva di più.

Non voleva che si fermasse.

"Per favore", disse.

"Ti ho preso, tesoro. Non ti lascerò andare."

Mentre le accarezzava il clitoride con la lingua, le sue dita si muovevano dentro di lei e cominciavano a pomparle dentro.

Il fuoco cominciò ad aumentare e lei sentì il suo orgasmo dirigersi verso quel picco. Non era mai stata così eccitata in tutta la sua vita, e quando lui la fece cadere dal bordo, lei urlò il suo nome, spingendo il bacino contro di lui.

Non voleva che si fermasse, ma poi il piacere divenne troppo, e nel momento in cui ciò accadde, lui si calmò.

Era come se conoscesse il suo corpo anche meglio di lei.

Le posò un bacio sul clitoride e quando lei aprì gli occhi, che aveva chiuso durante l'orgasmo, lui era sopra di lei, leccandosi le labbra. "Adesso ti avverto che vorrò farlo più spesso. Sei così gustoso.

Si coprì le guance, sentendole riscaldarsi. "Dovresti dire cose del genere?"

"Sono un ragazzo a cui piace mostrare il suo apprezzamento." Lui lasciò cadere un bacio sulle sue labbra.

Quando il suo cazzo la toccò, sentì quanto fosse duro e gli toccò il petto. Indossava ancora una maglietta, ma questo non la dissuase. Facendo scorrere la mano lungo il suo corpo, fece scivolare la mano dentro i suoi pantaloncini e gli afferrò l'asta.

Lui gemette, e all'improvviso la sua mano fu lì, a fermarla. "Non devi farlo."

"Sei duro come la roccia."

"Posso occuparmene io."

Inclinò la testa di lato ma non si staccò. "Te ne occupi tu perché pensi che io non possa farlo?"

La sua presa sulla sua mano si allentò, e lei fece scorrere la mano su e giù per la sua lunghezza, osservando il piacere lampeggiare nel suo sguardo.

"No, so che puoi occupartene tu."

"Allora qual è il problema?" lei chiese.

"Non voglio che tu faccia niente che non vuoi."

Lei sorrise. Non poteva farne a meno. Era un detenuto, eppure doveva essere una delle persone più dolci che avesse mai conosciuto.

Spingendolo di lato, lei gli si mise a cavalcioni in grembo, scioccandolo mentre gli avvolgeva le braccia attorno al collo.

"Posso prometterti, William, che non faccio più nulla che non voglio fare." Gli tirò i capelli sulla nuca. "E in questo momento, mi piacerebbe davvero occuparmi del tuo problema."

Lei mise una mano tra loro e gli afferrò il cazzo. Andando dalla radice alla punta, cominciò a scivolare su e giù per la sua lunghezza. Si sentiva autorizzata sapendo di aver causato tutto questo.

"E spero che non mi fermerai."

capitolo 4

William aveva solo un certo controllo e, con la mano di lei sul suo cazzo, non vedeva alcun problema nel fatto che lei lo aiutasse. A patto che sapesse che era lui e nessun altro. Osservò il suo viso mentre lo toccava, la sua mano che si muoveva su e giù per la sua lunghezza, facendolo già impazzire.

C'erano state molte volte nelle ultime settimane in cui si era preso cura della sua erezione. Il suo cazzo era duro come la roccia, nel disperato tentativo di entrarle dentro, e aveva versato il suo sperma nella doccia, guardando i fili lattiginosi scomparire nello scarico.

Tutte le sue fantasie erano uguali ed erano tutte concentrate attorno a questa donna.

Era così dannatamente bella e lo tentava in modi che lo facevano impazzire.

Quando la sua lingua sfiorava le sue labbra, lui sapeva cosa stava pensando, e non aveva il minimo problema al riguardo.

"Voglio assaporarti, come tu hai assaggiato me."

"Solo se vuoi."

Lei sbatté le labbra contro le sue. "Non faccio niente che non voglio."

Jesse si alzò dalle ginocchia e afferrò le lenzuola sotto di sé, guardandola fissarlo. Si adagiò un po' e guardarla leccare la punta da cui era già fuoriuscito il pre-cum era dannatamente incredibile.

Le sue tette pendevano e l'unica cosa che gli mancava era uno specchio per poter guardare la sua fica e il suo culo.

Era dipendente dal suo corpo.

Ogni singola curva era per lui una tentazione.

William gemette mentre le sue labbra prendevano la punta del suo cazzo, succhiandolo. Si allontanò e la volta successiva prese ancora più cazzo. La sua mano si spostò dalla radice alle labbra per poi ridiscendere mentre gli tirava via l'uccello.

Il piacere fu intenso e istantaneo e non voleva che lei si fermasse.

Dovette stringere i denti per impedirsi di gemere o di spaventarla. Questo era tutto Jesse, e l'ultima cosa che voleva fare era forzarla, o metterla a disagio.

Ne inghiottì un'altra parte e lui chiuse gli occhi, contando fino a dieci.

Quando le colpì il fondo della gola e la sentì deglutire, quasi soffiò proprio lì.

«Non resisterò ancora a lungo, Jesse. Se non vuoi essere... ugh, avere il mio sperma in bocca, dovrai smetterla.

Non si è fermata. Lo succhiò e mosse la testa.

"Oh, cazzo", disse, trovando la sua liberazione.

Si aspettava che lei saltasse indietro, avesse paura, o qualcosa del genere.

Non l'ha fatto.

Jesse lo ingoiò, prendendo fino all'ultima goccia e mungendolo per averne ancora.

Quando non ce la fece più, lei si rilassò, sedendosi e asciugandosi la bocca con il dorso della mano. "Non ti ho... spaventato, vero?" lei chiese.

Ridacchiò. "Non potevi spaventarmi. Temevo di... riportare alla mente brutti ricordi".

Il sorriso sulle sue labbra non raggiungeva i suoi occhi. "È stato tanto tempo fa. Ho ventotto anni. Mio padre ha fermato tutto il giorno del mio sedicesimo compleanno. Ho fatto tutta la consulenza e tutto il resto. Semplicemente... non trattarmi come se potessi crollare, o come se questo fosse importante.

"Molte persone ti trattano in questo modo?"

"Molte persone si rifiutano di dimenticare o semplicemente mi trattano come se non esistessi."

"Perché trasferirti nella città dove tutti ti conoscono e sanno cosa è successo?"

Jesse inclinò la testa di lato. Gli piaceva che lei non avesse cercato di nascondergli il suo corpo. Le sue tette erano esposte. Le sue mani erano appoggiate sulle ginocchia e sembrava così rilassata, così calma.

La sua pelle era arrossata e lui voleva toccarla. Non voleva smettere di toccarla.

"Mi piace essere quì. Perché dovrei vivere altrove?"

"Se mai desideri allontanarti dalle persone che ti guardano come se fossi danneggiato."

Lei alzò le spalle. "Non importa. Mi piace essere quì. Questa è casa mia e dovresti essere un po' grato. Non vengono molte persone quassù, e comunque molte persone mi trattano come un estraneo. A loro non piace l'idea di lasciare in panne le loro auto di lusso".

"Sei arrivato fin qui davvero bene."

"È perché ci sono abituato, ma se piove molto devo camminare. Anche la neve mi tiene quassù.

Lui allungò la mano, prendendole a coppa la guancia. "So che vuoi che me ne vada, ma non voglio andare, non ancora."

"Non voglio che tu te ne vada. Ti aiuterò, William." Premette la guancia contro il suo palmo, e al diavolo se questo non gli faceva sentire un sacco di cose di merda.

Si stava innamorando di quella donna, e ora che ne aveva avuto un assaggio, sapeva che non sarebbe mai stato in grado di andarsene.

William non aveva dubbi che il suo nome sarebbe stato riabilitato. Aveva tutte le prove e alcuni degli uomini che aveva incontrato all'interno lo avevano avvertito che doveva assicurarsi che la gente pensasse che fosse morto o in un altro paese.

Lei premette un bacio sul suo palmo. "Vado a farmi una doccia e poi preparo la colazione."

La guardò scendere dal letto e andarsene.

Il suo sedere catturò la sua attenzione e, crollando sul letto, si strofinò gli occhi. "Non puoi innamorarti. Non puoi innamorarti".

Anche se continuava a ripetere quelle parole a se stesso, sapeva di essere già condannato. C'era qualcosa in Jesse, e non era perché aveva messo la bocca sul suo cazzo e aveva ingoiato il suo sperma. Era qualcosa di più.

Voleva proteggerla, scacciare i brutti ricordi ed essere l'unico ragazzo che non la deludeva mai.

La sua vita era appena diventata molto più complicata.

William tagliò l'insalata mentre lei preparava il pollo marinato. Di tanto in tanto Jesse continuava a guardarlo, chiedendosi se pensava a quella mattina. Non riusciva a smettere di pensarci.

Gli è piaciuto?

Sapeva che l'aveva fatto perché era venuto, ma si chiedeva se se ne stesse pentendo.

Quando la superò, le mise le mani sui fianchi e le baciò il collo prima di prendere qualcosa dal frigorifero. Lo aveva fatto tutto il giorno. Toccandola, trovando un motivo per starle vicino, e lei non aveva intenzione di rifiutarlo.

Jesse adorava il suo tocco, lo desiderava persino, e di certo non voleva che finisse.

Quando il pollo fu cotto, lo mise sul piatto e si concentrò sulla cosa successiva che voleva fare. La cena di domani era una bistecca e, ancora una volta, stava usando tutti i suoi condimenti per creare ancora più sapore. Amava le spezie e gli esperimenti in cucina, anche se alcune cose erano orribili.

Grattugò un po' di formaggio e mescolò l'insalata con gli ingredienti del condimento. Gli piaceva molto l'aglio e lei non aveva il coraggio di dirgli che lo odiava crudo e che non gli sarebbe piaciuto. Tuttavia, le piaceva guardarlo mentre provava qualcosa.

La prigione non avrebbe potuto essere divertente, soprattutto il cibo carcerario.

Il piacere sul suo viso per ogni piccolo boccone di cibo ne era una testimonianza.

Dopo aver tagliato a pezzi il pollo che aveva riposato, lo mise sopra l'insalata e si sedettero a tavola.

Dopo il tempo trascorso insieme in camera da letto e dopo la colazione, William stava riparando alcune assi del pavimento, mentre lei andava in giro a rimuovere le sue foto, sostituendole con immagini diverse.

"Mi chiedevo se potessi accendere un piccolo fuoco nel barbecue", ha detto.

"Cosa certa. Perché? Vuoi mangiare qualcosa alla griglia?" chiese.

"NO. Voglio bruciare quelle foto. Non sapeva perché li avesse tenuti. Eliminare quel malvagio bastardo da ogni foto era stato liberatorio, ma ora erano solo un promemoria del fatto che in realtà non lo voleva o non ne aveva bisogno.

"È stato nella tua vita per molto tempo?" chiese Guglielmo.

Si fermò con un pezzo di pollo vicino alla bocca. "È entrato nelle grazie di mia madre, e poi lei non si è più liberata di lui." Lei alzò le spalle. "All'inizio non era poi così male. È stato più tardi e non voglio parlarne.

Parlare era qualcosa di cui aveva fatto abbastanza.

Lui si allungò, afferrandole la mano. "Sono qui."

"Lo so." Lo guardò. "Non tornerà mai più."

"Il tuo patrigno?"

"Sì, è morto." Non ha approfondito ulteriormente ciò che aveva fatto il suo vero padre, né William ha chiesto di più.

Suo padre lo aveva ucciso e aveva salvato sua figlia. Non c'era altro da dire. In seguito, nessuno mandò suo padre in prigione, ma fu perché lui le consegnò la pistola dopo averlo fatto e le disse che non doveva più avere paura.

Ha detto ai poliziotti che non ce la faceva più e ha denunciato gli anni di abusi.

Era stato tutto ben organizzato.

Spostò un po' della sua insalata nel piatto e William ridacchiò. "Lo sai che non sono un mostro, vero?"

"Lo so."

"Allora perché non mi hai semplicemente detto che odi l'aglio?" chiese.

"Lo ami."

"Ma ho anche visto che ogni volta che una ricetta richiede aglio crudo, la cancelli e accanto c'è la parola 'che schifo'."

Si alzò da tavola e lei lo guardò mentre prendeva un altro piatto dal frigorifero. Era così persa nel suo piccolo mondo che non l'aveva visto servire tre persone. "Condimento senza aglio." Le fece l'occhiolino. "Godere."

Ok, quella doveva essere una delle cose più dolci che avesse mai visto. "Lo sapevi?"

«Lo sapevo, ma speravo che me lo avresti detto. Adoro tutto il cibo, ma ho bisogno di sapere cosa ami e cosa odi se vogliamo far funzionare tutto questo.

"Fare in modo che funzioni?"

Fece un respiro profondo. "Voglio farci lavorare."

"Noi?"

Questa volta lui rise e lei lo raggiunse. "Continui a ripetere tutto quello che dico."

"Mi dispiace."

Le prese la mano e lei fissò quella molto più grande. "Quando il mio nome sarà cancellato, voglio tornare qui. Voglio vivere con te e restare con te. Spero che darai una possibilità a me e a noi".

"Vuoi una relazione?"

"SÌ. Non ti prometto che sarà facile, ma mi piaci, Jesse. Mi piace vivere qui. La pace, il silenzio e adoro guardarti dormire."

"È questo che ti ha conquistato?" chiese, sentendo le guance avvampare. Le piaceva quando si svegliava e lui era lì, a guardarla.

La faceva sentire al sicuro e al caldo. Non voleva perdere quella sensazione.

"Questo e il fatto che non scorreggi né russi."

Lei si allontanò, coprendosi le guance. "Oh mio Dio, non posso credere che tu abbia appena detto una cosa del genere."

Ha riso. «Dico sul serio, Jesse. Mi piaci molto. Voglio che funzioni".

Lei si avvicinò e gli diede un bacio sulle labbra. "Allora voglio che tu faccia l'amore con me, e non voglio che tu abbia paura."

"Lo vuoi?"

"Sì, certamente." Gli posò una mano sul petto. Era così caldo, sempre così caldo. "È sbagliato che ti voglia?"

"No, non è sbagliato."

"Sono grassa", disse, sbottando le parole.

Vide il cipiglio sul suo volto. "Va bene, non sono d'accordo." La tenne per il fianco. "Non penso che tu sia grasso."

"Mi ha detto che sono stato fortunato ad attirare la sua attenzione perché nessuno voleva una ragazza grassa."

"Quell'uomo è fortunato che sia morto altrimenti commetterei un omicidio."

"Non, per favore, non vedermi in modo diverso", ha detto.

"Cosa intendi?"

"Non sono distrutto, William. Sto bene. Sono guarito e lo voglio. Quando mi guardi, per favore non vederlo.

Le prese il viso con entrambe le mani, inclinandole la testa all'indietro. "Non lo farei mai. Quando ti guardo, Jesse, vedo solo te. Nessun altro conta per me tranne te." Lui si avvicinò e premette le labbra contro le sue.

Capitolo 5

William portò Jesse di sopra. Ignorò ogni singola delle sue proteste e la posò delicatamente sul letto. Il suo cazzo era duro come la roccia e lui voleva dentro di lei più di qualsiasi altra cosa al mondo.

Togliendosi i vestiti, mantenne lo sguardo fisso su di lei.

Nelle ultime due settimane, aveva pensato a questo momento, sperando che lei sentisse l'attrazione che si era creata tra loro da molto tempo.

Si sedette e cominciò a togliersi i vestiti. Non poteva resistere alla tentazione di guardare. Ogni strato mostrava il suo corpo alla perfezione. Amava le sue tette, il suo culo, i suoi fianchi sinuosi. Anche le sue cosce erano fantastiche per lui.

In quel momento, li voleva avvolti attorno ai suoi fianchi mentre affondava in lei. Quando furono entrambi nudi, la tirò giù dal letto e la tenne stretta. Non voleva perdere un solo istante con quella donna. Come diavolo ha potuto innamorarsi così in fretta? Eppure non c'era altra parola per definirlo. Si era innamorato di lei. Lei era il suo intero mondo. Dal risveglio al mattino all'andare a dormire e ogni singolo momento intermedio. Quando giaceva sveglio in prigione, vendicarsi era stata l'unica cosa a cui riusciva a pensare, mentre ora riguardava stare con lei.

Sbattendo le labbra sulle sue, affondò le dita tra i suoi capelli, tenendole la testa in posizione mentre le violentava la bocca. Lei gemette, le sue mani si spostarono sul suo petto per circondargli il collo, e il suo cazzo pulsava con un'altra fuoriuscita di pre-cum che fuoriusciva dalla punta.

Facendole voltare le spalle al letto, le lasciò una scia di baci sul collo, abbracciandole le grandi tette. Succhiandole ciascuno dei capezzoli, la guardò gemere. Ogni sussulto era una dolce musica mentre lui si muoveva lungo il suo corpo. Si lasciò cadere sul letto quando lui le diede una piccola spinta e la spostò in modo che le sue cosce fossero aperte e potesse osservare bene la sua figa gocciolante.

Era bagnata fradicia e lui fece scivolare un dito nella sua fessura, colpendole il clitoride prima di scivolare giù e tuffarsi dentro di lei.

Il suo cazzo sarebbe stato dentro di lei, e non avrebbe indossato nulla che potesse intorpidire la sensazione di essere dentro di lei. Quella merda non sarebbe mai accaduta. Allargando le labbra della sua figa, fece scivolare la lingua dal suo ingresso fino al clitoride, succhiando il bocciolo gonfio nella sua bocca. Aveva il sapore del paradiso e lui non poté resistere alla tentazione di tuffarsi e scoparle la fica con la lingua.

Ma non era abbastanza. Quando si trattava di questa donna, niente sembrava mai abbastanza.

Toccandole il clitoride più e più volte, ascoltò mentre ogni colpo la avvicinava all'orgasmo. Prima di prenderla e farla sua, l'avrebbe ascoltata urlare il suo nome.

"Per favore... non fermarti."

"Ti piace questo, tesoro?" chiese.

"SÌ. È così bello.

Lui sorrise contro la sua figa ma non si fermò, succhiandole il clitoride in bocca. Anche se ogni secondo che passava lo faceva impazzire dal bisogno, continuava a leccarla. Lentamente, la osservò salire fino a quel picco, e quando l'ebbe appollaiata sul bordo, aspettò finché finalmente la gettò a terra, e lei arrivò con tale ferocia. Lui ingoiò il suo sperma e la stuzzicò finché non ci furono piccole scosse di assestamento di sensazioni. Lei voleva di più e lui voleva darglielo.

William non si fermò e la portò ad un secondo orgasmo, che non era sua intenzione, ma nel momento in cui iniziò, non vide il motivo per fermarsi.

Lei venne a prenderlo e, mentre urlava il suo nome, lui sostituì le labbra con le dita, accarezzandola.

Sollevandola sul letto, lui scivolò tra le sue cosce. Quando non poté più sopportare che la toccasse, poiché era sensibile, lui gli afferrò il cazzo e lo inserì nella sua fessura. Era bagnata fradicia e mentre lui muoveva il cazzo lei si eccitava ancora di più.

Fissandola negli occhi, infilò la punta del suo cazzo dentro di lei. Lentamente, centimetro dopo centimetro, la riempì, desiderando guardare i suoi occhi come faceva lui. Con solo pochi centimetri rimasti, le prese le mani, intrecciando le dita e premendole su entrambi i lati della testa.

In quell'ultimo centimetro, lui si spinse dentro di lei. Non solo la reclamò con il suo corpo, la reclamò anche con il suo cuore. Non si poteva tornare indietro adesso, e lui non voleva farlo. Era tutta sua e non l'avrebbe mai lasciata andare.

Si era innamorato di questa donna.

Tirandosi fuori dal suo corpo finché ne rimase solo la punta, cominciò a spingersi dentro di lei, dapprima lentamente, dandole il tempo di abituarsi alla sensazione del suo corpo. Cominciò ad inarcarsi, andandogli incontro a metà strada, e prendendo ciò che voleva.

Era passato molto tempo dall'ultima volta che era stato con una donna, e anche allora, non aveva significato niente per lui.

Questo significava qualcosa per lui.

Lei gli apparteneva e lui si sentiva completamente sopraffatto.

Tenendole le mani, reclamò le sue labbra e la cavalcò forte. Lei si sciolse contro di lui, e non resistette al suo tocco, non che lui volesse.

Era sua in ogni singolo modo.

William venne, riempiendo il suo corpo con il suo sperma, crogiolandosi nella sensazione di lei che lo circondava.

"Ti senti così fottutamente fantastico", ha detto. "Sei mio adesso, Jesse, tutto mio."

Jesse fece scorrere la punta delle dita sul petto di William e lei non riuscì a smettere di sorridere. Il suo corpo era in fiamme e, anche se lui aveva fatto l'amore con lei altre due volte, lei lo voleva di nuovo. Questo... la elettrizzava.

Non ha mai pensato per un secondo che sarebbe mai stata in grado di avere una relazione. Che il suo passato l'avrebbe sempre trattenuta, eppure aveva preso William tre volte, e non solo, lo voleva di nuovo.

Le accarezzò il braccio e lei chiuse gli occhi crogiolandosi nella sua attenzione.

"Cosa stai pensando?" chiese.

Lei sorrise e lo guardò.

"Conosco quello sguardo", disse prima ancora che lei pronunciasse una parola.

"Fate?"

"SÌ." La sua mano le prese la parte posteriore della testa e reclamò ancora una volta le sue labbra. Amava la sua bocca. Il modo in cui la baciò era diverso da qualsiasi cosa avesse mai letto nei suoi libri.

"Ma non voglio che tu sia... in cima. Voglio essere."

"Vuoi cavalcarmi?"

"SÌ."

Il sorriso sul suo volto le fece capire prima delle sue parole che era più che d'accordo.

Si mosse in modo da stare seduto. "Sono tutto tuo."

Il suo cazzo non era duro come la roccia, ma vide che era pronto a ripartire.

Sistemandosi i capelli dietro l'orecchio, si mosse per mettersi a cavalcioni delle sue gambe. La sua mano le afferrò il fianco e l'aiutò a guidarla mentre si sedeva sulle sue ginocchia.

La mano sul suo fianco si alzò, afferrandole la tetta, ma lui non indugiò.

Prima che lui potesse prendere il comando, lei si sporse in avanti e prese possesso delle sue labbra. Amava baciare e non era sicura se fosse la cosa che preferiva fare o la seconda. Ad ogni modo, le è piaciuto molto.

Il loro bacio durò a lungo e, mentre lo faceva, lei lo sentì cominciare ad agitarsi tra le sue cosce.

"Cazzo, tesoro, hai idea di cosa mi stai facendo? Cosa mi fai desiderare?"

Lei sorrise contro le sue labbra. "Vuoi scoparmi?"

"Più di tutto. Non ho mai desiderato niente di più in vita mia.

Questo la fece ritirare. "E la tua libertà?"

"Sono qui con te. Questa è abbastanza libertà.

La tirò giù e lei cedette, consumata dal bisogno di sentirlo. Facendo scivolare la mano lungo il suo petto, lei si allungò tra loro, afferrandogli il cazzo. Lei lavorò per tutta la sua lunghezza, accarezzando il pre-sperma nella sua carne.

Lui gemette e non le allontanò la mano.

In pochi secondi era duro come la roccia. Mettendolo davanti alla sua entrata, interruppe il bacio mentre lentamente cominciava ad affondare sulla sua lunghezza. Chiuse gli occhi mentre la sensazione di lui che scivolava dentro di lei sembrava quasi eccessiva.

Il suo cazzo era così duro e grosso.

Emise un piccolo gemito, ma non si arrese.

William la tenne per i fianchi, guidandola sul suo cazzo, facendole prendere tutto. Una volta che fu seduto fino in fondo, lei gli posò le mani sulle spalle, sentendo ogni centimetro del suo battito.

Una delle sue mani si spostò dai suoi fianchi, andando tra le sue cosce, e cominciò a stuzzicarle il clitoride, accarezzandola.

«Dai, Jesse, fottimi. Fanculo il tuo uomo."

Il suo uomo; le è piaciuto. Le è più che piaciuto.

"Non voglio lasciarti andare", ha detto.

"Non andrò da nessuna parte, Jesse. Sei mio. Non ti lascerò. Adesso mi appartieni."

Lei gli cavalcò il cazzo, prendendolo più profondamente che poteva, e lui la portò all'orgasmo come fece lei. Il suo tocco la infiammò, aiutandola a trovare il suo apice e spingendola oltre il limite nell'oblio. C'era solo un uomo che voleva, ed era proprio lì.

Quando gemette, la tenne forte al punto che lei sapeva che le avrebbe fatto dei lividi mentre la riempiva.

Ondate di sperma si riversarono dentro di lei. Non era un'idiota; sapeva cosa significava il loro sesso non protetto.

Potrebbe rimanere incinta.

Sperava di farlo.

Più di ogni altra cosa, voleva il suo bambino.

Voleva ricordarle che, qualunque cosa fosse accaduta, aveva trascorso queste settimane di assoluta felicità, e questo significava tantissimo per lei.

Successivamente, William la prese in braccio ed entrambi si diressero verso il bagno. Lui tirò fuori dalla sua figa e lei era consapevole del suo sperma che le si riversava lungo la gamba.

Fece il bagno a entrambi, ed era in momenti come questi che sembrava tenere così tanto a lei.

William si prese il suo tempo, aggiungendo alcuni sali da bagno prima di aiutarla a entrare in acqua. Anche se odiava i sali, o anche qualsiasi cosa profumata, si assicurava sempre che lei ottenesse ciò che voleva.

La aiutò a entrare nella vasca e la seguì, spostandosi dietro di lei in modo che potesse appoggiarsi a lui.

"Ti prendi sempre così tanta cura di me", disse.

"Mi prenderò sempre cura di te."

Tra loro calò il silenzio, e non per la prima volta lei si chiese a cosa stesse pensando.

"Ripulirò il mio nome", ha detto.

"Lo so, e verrò con te per aiutarti."

Le prese le mani. "No non siete. È troppo pericoloso. Non ti permetterò di farti del male."

Sospirò. "Cosa succede allora?"

"Non appena il mio nome verrà cancellato, tornerò."

"E se non tornassi?" lei chiese.

"Lotterò per tornare da te, Jesse." Lui si sporse in avanti e lei si voltò a guardarlo, vergognandosi che le lacrime le riempissero gli occhi.

"Va bene."

Ne dubitava però. Nessuno, a parte suo padre, aveva mai combattuto per lei, certamente non nel modo in cui William le aveva promesso.

Continuò a guardarla, asciugandole le lacrime. "Non piangere, ti prometto che tornerò. Non potrai mai sbarazzarti di me." Fece una pausa per diversi secondi. "Ti amo, Jesse."

"Che cosa?"

"Ti amo. È per questo che devo farlo. Potrei restare, ma meriti di più che aspettare la remota possibilità che mi trovino. Devo essere un uomo completamente per te.

Lui reclamava le sue labbra, ma il suo cuore era comunque spezzato. Non voleva perderlo.

Contro ogni previsione, anche lei lo amava.

Capitolo 6

William la guardò dormire. Aveva appoggiato la maglietta su un cuscino e gliela aveva messa tra le braccia. Sì, si stava trasformando in quel ragazzo, ma non gli importava. Doveva andare adesso, altrimenti non lo avrebbe mai fatto. Svegliarsi con lei tra le braccia gli dava sempre una scusa per aspettare un altro giorno. Il tempo stringeva e non voleva rischiare nemmeno un momento.

Se se ne fosse andato adesso, sapeva che sarebbe tornato indietro nel tempo.

Posando la lettera sul letto, si costrinse ad uscire dalla porta. Quando non riuscì più a vederla, le voltò le spalle e scese le scale.

Il suo cane era sdraiato in fondo alle scale. Mettendosi in ginocchio, accarezzò il pelo del cane. «Devi prenderti cura di lei per me, amico. Tienila al sicuro e attacca chiunque si avvicini, capito?"

Il cane lo fissò, ma William era sicuro, in qualche strano modo, che fossero entrambi sulla stessa lunghezza d'onda.

La protezione di Jesse.

Uscendo da casa sua, trovò l'auto che le aveva portato per prima. Nella borsa c'era anche la pistola che aveva conservato nel seminterrato.

Salendo al volante, guardò la cabina.

"Continua a muoverti, William. Non puoi restare qui. Devi provare a risolvere questo problema.

Il suo cuore batteva forte mentre accendeva il motore. Con la macchina in moto uscì dal giardino e si diresse verso il paese. Una volta lì, si mosse verso le strade battute e iniziò il lungo viaggio verso la città.

Ad ogni miglio che percorreva e la distanza tra lui e Jesse aumentava, si sentiva male allo stomaco.

Per tutta la vita aveva usato le donne, buttandole da parte quando aveva finito.

«Adesso è tua, William. Nessuno può portartela via. Nessuno."

Anche se lo pensava, non riusciva a fermare la sensazione di malessere che lo consumava. Se fosse stato qualcun altro, sarebbe rimasto con lei, aspettando il giorno in cui i poliziotti sarebbero venuti a portarlo via, altrimenti si sarebbe sentito troppo a suo agio e avrebbe perso il suo tocco.

In ogni caso, si rifiutava di vivere con quell'oscurità che incombeva sulla sua testa. Anche se non voleva lasciarla, in quel momento era meglio così.

Un giorno, però, sarebbe tornato da lei.

Non aveva scelta.

Lei era la sua casa e non poteva assolutamente accontentarsi di qualcosa di meno.

Due settimane dopo erano previste forti nevicate e, con essa, Jesse non aveva altra scelta che prendere la vecchia macchina di sua madre e dirigersi in città. Il suo cane non la lasciava andare, quindi lo portò con sé. Prendendo le chiavi e la borsa, si fermò vicino al frigorifero e fissò la lettera accanto alla quale si era svegliata.

Le lacrime le riempirono gli occhi e si premette una mano sullo stomaco mentre un'ondata di nausea la travolgeva.

Le aveva promesso che sarebbe tornato, che l'amava più di ogni altra cosa, eppure era passato quasi un mese.

Poteva semplicemente controllare Internet o accendere la televisione, ma aveva paura di ciò che avrebbe visto. Adesso ogni volta che guardava la televisione, la usava per guardare film e nient'altro.

"Ti amo", ha detto.

In fondo alla pagina, le aveva scritto tre ti amo.

Dopo essersi allontanata dal frigorifero, entrò in macchina e accese il motore.

Non era più stata in città dal giorno in cui lui le aveva puntato contro una pistola.

"Vedi, questo è ciò che mi rende strano", disse, guardando il suo cane. "Ogni altra donna avrebbe urlato, ma non io. No. Cosa ho fatto? L'ho accettato, vero, come un perdente. Non ho urlato e lui non mi ha nemmeno costretto, non proprio. William è molte cose, ma un assassino non è una di queste.

Si allontanò da casa e si diresse verso la città. Tutte le sue scorte erano quasi finite. Aveva rifiutato l'offerta di trascorrere l'inverno con suo padre. Tendeva a passare la maggior parte del tempo insieme chiedendole se stava bene, cosa che poi la faceva sempre arrabbiare.

Naturalmente stava bene.

In quel momento, però, non stava bene. La nausea al mattino e il profumo del caffè che le faceva venire voglia di vomitare le davano una brutta sensazione. Quindi non solo avrebbe fatto scorta per la prima nevicata, ma intendeva anche sottoporsi a un test di gravidanza.

Se il test fosse risultato positivo, avrebbe dovuto fare una seria pianificazione e anche prendere in considerazione l'offerta di suo padre.

La gravidanza comportava rischi, che erano grandi anche quando il partner era presente.

E se William fosse stato catturato prima di dimostrare la sua innocenza?

Non sapeva cosa fosse successo e non poteva fare nulla per aiutarla. Sperava di logorarlo, quindi l'avrebbe portata con sé.

L'ultima cosa che voleva era svegliarsi con le braccia avvolte attorno a un cuscino che lui aveva coperto con la maglietta. William se n'è andato, e c'è una lettera che l'ha fatta ammalare di desiderio.

"Sono un perdente. PERDENTE!"

Il cane le abbaiò e lei sorrise. "Scommetto che ti ha detto di prenderti cura di me."

Lei allungò la mano, gli accarezzò la testa e sospirò. "Staremo bene. Sto sempre bene."

Parcheggiando al suo solito posto, scese dall'auto, lasciando abbastanza finestrino abbassato per il suo cane.

Canticchiando tra sé e sé, si fermò quando Billy, lo sceriffo della città, la fermò.

"È passato molto tempo dall'ultima volta che ti abbiamo visto, Jesse", disse.

"È da molto tempo che non ho bisogno di scendere."

Non era insolito che lo sceriffo la fermasse. Si è sempre sentito in colpa per non aver creduto alla sua storia.

Aveva provato a dirglielo molto prima che suo padre prendesse in mano la situazione.

"Nuova auto?" chiese.

Guardò l'auto che usava raramente. Era quello vecchio di sua madre e lei lo toccava raramente. William aveva preso la sua macchina, ma non che le dispiacesse. Beh, certo, ora lo fece.

"NO. Era la macchina di mia madre. Nient'altro, sceriffo?» chiese, guardandolo visibilmente pallido e scuotendo la testa.

Eccolo di nuovo con tutto il suo giudizio, ma lei lo ignorò. Lei ignorò tutti, senza nemmeno prendersi la briga di sorridere. Selezionò tutta la spesa, prestando molta attenzione alla sezione dei surgelati in modo da poter rifornire nuovamente il congelatore. Aveva un generatore di riserva in caso di emergenza.

Dopo aver selezionato tutto, si diresse verso la sezione della farmacia e scelse un test di gravidanza che era garantito non solo per essere accurato, ma anche per stimare quanto era avanti. Non le importava. Sì o no era quello che stava cercando, ma non voleva sbagliare nulla. Dopo alcune ore di shopping, era completamente rifornita e lasciò il supermercato, riempiendo ancora una volta il suo baule.

Quando si mise al volante, il suo cane le leccò il viso e lei scoprì di poter ridere di nuovo.

«Stupido vecchio ragazzo.» Gli strofinò la testa. "Andiamo a casa."

Il viaggio di ritorno a casa è andato liscio. Ogni secondo sulla strada, le ricordava William e l'ultima volta che era tornata a casa. Aveva una pistola e lei aveva trovato piuttosto divertente il fatto che lui pensasse che fosse spaventata.

Oh.

Avrebbe dovuto sapere che sarebbe stata quella strana e si sarebbe davvero innamorata di un detenuto o di un ex detenuto.

In ogni caso, non c'era più niente che potesse fare al riguardo adesso.

Nel momento in cui arrivò alla radura dove vide la sua casa, si fermò, i freni stridettero mentre fissava l'auto che non vedeva da molto tempo. Non c'era traccia di William, ma l'auto era lì.

Sentendosi male, andò avanti e parcheggiò davanti all'auto. Scendendo, lasciò andare il cane e andò sul retro dell'auto, aprendo il bagagliaio.

Tirò fuori due sacchi e si stava dirigendo verso la porta quando si fermò. Lì, sul suo portico, c'era William. Indossava un paio di jeans consumati e una maglietta, ed aveva un bell'aspetto. C'era anche un sorriso sulle sue labbra, e lei lasciò cadere la spesa, senza preoccuparsi in quel momento che avrebbero dovuto tirarla avanti durante la prima nevicata.

Quando lei corse tra le sue braccia, lui la prese in braccio e la fece girare.

"Mi sei mancato. Mi sei mancato così tanto", ha detto.

"Sei tornato?" Gli strinse le braccia. "Non ci sto pensando. Sei davvero qui, in carne e ossa?"

"Sono qui, tesoro, e spero che con quel vecchio sorriso, sarai felice di vedermi?"

"Mi fa piacere vederti. Così felice." Lei fece scorrere le mani su e giù per le sue braccia. "Sei tornato?"

"Sì, sono tornato e non vado da nessuna parte." Le accarezzò la guancia. "Sono qui per restare, se mi vorrai."

"Vuoi restare?"

"Certo che voglio restare. Non c'è nessun altro posto in cui preferirei essere."

Lei sussultò mentre lo guardava cadere su un ginocchio. "Jesse, sono un uomo povero e, anche se ora la mia fedina penale è chiara, ho scontato la pena."

"Lo so."

"Ma ti amo. Le ultime settimane sono state una tortura, ma sapendo che sarei tornata qui, con il nome cancellato, voglio che tu sia mia moglie. Mi vuoi sposare?"

Le lacrime le riempirono gli occhi mentre annuiva con la testa. "Sì, sì, ti sposerò." Lui si alzò in piedi e lei lo baciò.

Era stata così disperata nel volerlo sentire, e ora che lo aveva fatto, non voleva perderlo.

Avvolgendolo tra le braccia, lo tenne stretto. "Non pensavo che saresti tornato."

"Volevo sempre tornare. Qui è dov'è il mio cuore. Sei la mia casa, Jesse. No, sei il mio paradiso e non avrei mai potuto rinunciarti. Possono togliermi tutto il resto, ma non possono portarmi via".

"Quello che è successo? Che cosa? Il tuo nome è cancellato?"

"Ti dirò tutto. Portiamo dentro questa roba. So che ci sarà del brutto tempo da queste parti. Ecco perché non potevo aspettare un altro momento."

Hanno ripulito il cibo dal bagagliaio dell'auto e, una volta dentro, ha iniziato a riporre tutta la spesa.

L'aiutò e lei non riuscì a smettere di sorridere, nemmeno per un momento. Il suo uomo era tornato a casa e tutto sembrava di nuovo a posto.

"Che cos'è questo?" chiese William, tornando in cucina dalla dispensa. Aveva tra le mani il test di gravidanza.

"Ehm, sai di cosa si tratta."

"Credi di esserlo?"

"Cambia qualcosa?" lei chiese.

"Non cambia nulla, ma ci sposeremo alla prima occasione."

"E se non lo fossi?"

"Allora potremo aspettare e celebrare il matrimonio che hai sempre desiderato", ha detto.

"Non sono il tipo di ragazza che organizza un matrimonio."

"Bene, organizzerai il nostro matrimonio." Guardò il test. "Penso che dovremmo prendere questo."

"Va bene." Allungò la mano e prese la scatola, notando che la sua mano tremava leggermente. "Vado a controllare questo."

Non la lasciò sola. La seguì fino al bagno, ma le garantì la privacy mentre faceva pipì sul bastone. Il suo cuore martellava e, mentre aspettavano il tempo necessario, si sentiva... spaventata.

"Vuoi figli?" lei chiese.

"Sì, li voglio tutti. Voglio riempirne una casa".

Lei sorrise. «Li voglio anch'io. Voglio tanti figli.

"Bene."

La sveglia del suo orologio suonò e quando lei controllò le risposte guardò il bastone.

"Sono incinta."

Capitolo 7

William la baciò. La donna dei suoi sogni stava per avere suo figlio, e lui ne era entusiasta. Era sua in ogni singolo senso della parola.

Tirandola contro di sé, le afferrò il sedere e si sentì completo. Da quando l'aveva lasciata si era sentito vuoto, perso. Ogni giorno era stato più duro del precedente. La notte e la mattina erano le peggiori, mentre giaceva a letto, fissando lo spazio vuoto accanto a lui, desiderandola.

"Sei libero?" lei chiese.

"Sì, ho cancellato il mio nome."

"L'hai caricato sui social media?" lei chiese.

"No, l'ho portato al mio avvocato. Sono rimasto basso mentre verificava tutto. Ha detto che solo perché l'ho consegnato, la gente vorrebbe assicurarsi che sia legittimo. Mi ha chiesto cosa stavo facendo. Mi hanno cercato, ma non sono riusciti a trovarmi e hanno pensato che avessi lasciato il paese in qualche modo. Erano state le settimane più lunghe della sua vita. Il suo avvocato aveva messo tutta fretta. "Nel momento in cui ha saputo che il nastro era autentico, ha iniziato a girare la palla."

"Sei tornato in prigione?"

"Mi hanno messo in custodia mentre completavano le indagini. Il nastro era l'unica prova di cui avevano bisogno. Il mio vecchio capo ora si divertirà in prigione. Credo che l'arancione farà emergere l'omicidio nei suoi occhi."

"Sei libero?"

"Sì, sono libero e ora sono tutto tuo."

"Perché c'è voluto così tanto tempo?"

"Queste cose richiedono tempo. Il mio avvocato ha detto che in realtà è passato piuttosto rapidamente. Ha avuto casi come questi che sono durati anni.

Le spostò alcuni capelli dalla spalla. "Nel momento in cui sono stato scagionato, sono venuto qui, e ovviamente tu no."

Gli era mancato il suo sorriso, il suo profumo, tutto.

Avvicinandosi, premette il viso contro il suo collo, inspirandola. Baciandole il collo, la sentì tremare.

"Ti voglio, Jesse. È passato troppo tempo."

"Allora prendi me, William. Sono tutto tuo."

La sollevò e la portò sul letto. Lei gli avvolse le gambe attorno e lui la seguì giù, spostandosi su di lei mentre si sistemava tra le sue cosce.

Indossava una gonna lunga, la spostò da parte e appoggiò la mano di lui sulla sua figa. Lei gridò e lui apprezzò il suono.

Strappandole le mutandine dal corpo, le toccò la figa bagnata, facendole scivolare un dito dentro, sentendo la sua figa stringerlo. Questo era ciò a cui voleva tornare a casa e non voleva perdere un momento.

Mentre spingeva il dito dentro e fuori da lei, il suo cazzo pulsava nei jeans. Quando toccarla non era abbastanza, si abbassò, prendendole la figa con la bocca. Lui le leccò il clitoride, scivolando giù per scoparla con la lingua, prima di tirarlo su e succhiarla di nuovo. Lei urlò il suo nome e lui voleva disperatamente di più. Non voleva che lei si fermasse. Lei gli si avvicinò in faccia, gridando il suo nome, e lui sorrise. Indietreggiando, si aprì i jeans. Facendo uscire il pene dagli stretti confini dei suoi vestiti, fece scorrere le dita dalla radice fino alla testa e poi di nuovo giù. Il pre-cum fuoriuscì dalla punta e, fissando la sua figa, si sentì primordiale, pronto a scopare.

Non solo, si sentiva posseduto dal bisogno di reclamarla, di renderla sua ancora una volta.

Portava in grembo suo figlio e ora indossava il suo anello.

Voleva che il mondo sapesse che lei gli apparteneva.

Prendendole le labbra, lui fece scivolare il suo cazzo nella sua fessura, colpendole il clitoride mentre ricopriva il suo cazzo con la sua crema.

Quando fu di nuovo lucido, fece scivolare la punta dentro di lei. Era passato troppo tempo e non aveva aspettato che lei si abituasse a lui. Tenendola per il fianco, la colpì fino in fondo, sentendo ogni increspatura, ogni pulsazione e assaporando il suo gemito.

"Mi sei mancato. Questo mi è mancato."

"Non ti lascerò più. Dove vado io, andrai anche tu." Adesso era sicuro.

Uscendo dal suo calore, lui sbatté dentro di lei, andando fino in fondo ancora una volta. Il suo nome era un gemito costante mentre usciva dalle sue labbra, e faceva l'amore con lei. Quando non ce la fece più, la scopò forte, colpendo il letto contro il muro con la forza delle loro spinte.

"Sì, per favore, ti amo, William."

"Ti amo, Jesse."

Lui le prese le mani, tenendola sul letto mentre portava il loro piacere al livello successivo.

Lei venne sul suo cazzo, chiamando il suo nome e lui la riempì di sperma, assaporando ogni secondo. Questo era ciò che sognava e non avrebbe mai rinunciato. Successivamente, crollò sopra di lei, avvolgendola tra le braccia, sentendola vicina. Respirare il suo profumo, sentirsi completa.

"Ti amo", ha detto.

Jesse ridacchiò, avvolgendolo tra le braccia, facendo scorrere le dita su e giù per la sua schiena.

"Sono stato così perso senza di te."

"Mi dispiace", ha detto. "Mi dispiace di averti puntato una pistola e di averti spaventato." Lui si allontanò per guardarla negli occhi. "Non voglio mai farti del male."

"Non avevo paura di te, William. Non so cosa fosse, ma non ho mai avuto paura di te." Gli accarezzò la guancia.

"Sai che devi sposarmi il più presto possibile, ora che sei incinta."

Lei ridacchiò. "È stato un rapido cambio di argomento."

"Non voglio soffermarmi per sempre sulle cose brutte. Mi perdoni, quindi ora voglio darti ogni singola ragione per continuare ad amarmi. Non gli importava quanto suonasse sdolcinato o malato d'amore.

L'amava dannatamente. Era il ricordo di lei che continuava a spingerlo a tornare a casa da lei.

"William, hai me e non andrò da nessuna parte."

"Hai promesso?"

"Sì, più di ogni altra cosa, non sono mai stato così felice."

La prima nevicata non durò molto. Nel momento in cui sono riusciti a raggiungere l'aeroporto, lo hanno fatto. Una volta arrivati a Las Vegas, suo padre la stava aspettando. Jesse avrebbe dovuto aspettarselo, visto che aveva chiamato la sua segretaria e le aveva chiesto di prenotare il volo. Guardò William dall'alto in basso e non sembrava impressionato.

"Cosa stai facendo qui?" lei chiese.

"L'ho chiamato." William parlò, prendendole la mano, intrecciando le dita insieme.

Quindi non era stata la segretaria di suo padre a rivelare la verità.

"Perché?"

"Che tu ci creda o no, tesoro, voleva l'approvazione di tuo padre", disse suo padre. «E voleva che ti tradissi, visto che è mio diritto farlo.»

Non aveva pensato a suo padre e guardò William, sperando che lui vedesse che non le importava se approvava o meno.

Suo padre si fece avanti e la tenne per le spalle. "So che non sono sempre stato lì per te, Jesse. Ti ho deluso in molti modi, e mi dispiace, ma non ti permetterò nemmeno di sposare qualcuno a meno che tu non sia felice di farlo. Ora, vuoi sposarlo?"

"SÌ." Non ha nemmeno esitato.

"Sai che è stato in prigione, che è un ex detenuto?"

«So tutto questo e non mi interessa. Non è stato lui e io voglio sposarlo". Prese la mano di William e se la mise sulla pancia. "Saremo una famiglia. Sono la donna più felice del mondo".

Non sembrava felice, ma Jesse lo costrinse a guardarla.

"Papà, sono felice. Non voglio stare senza di lui. Lo amo più di ogni altra cosa al mondo. Per favore, sii felice di questo.

Passarono alcuni secondi prima che finalmente annuisse, poi guardò William. "È meglio che non la veda mai arrabbiata o triste, mi hai capito? Voglio che sia così dannatamente felice da non riuscire nemmeno a pensare cosa sia la tristezza.

"Hai capito bene, signore."

Sorrise, sapendo che suo padre avrebbe amato il tocco da "signore".

"Bene. Facciamolo. Ti ho già comprato un vestito e tutto è pronto per te.

Non ci volle molto prima che venisse portata in chiesa, e c'era una donna che aspettava per aiutarla a vestirsi.

Una volta che fu pronta, suo padre era lì e la fissava. Lei vide le lacrime nei suoi occhi e gli sorrise.

"Sono innamorato, papà."

"Lui sa?"

"Lui sa tutto e mi ama ancora."

"Non è possibile che non possa amarti, tesoro." Si mosse verso di lei e l'abbracciò forte. Chiuse gli occhi, godendosi l'abbraccio prima di allontanarsi finalmente. "Mi tradirai?"

"Nessun padre dovrebbe mai subire questa tortura."

Lei ridacchiò. Quando entrò nella navata principale, nel momento in cui vide William, non poteva tornare indietro. Nonostante le farfalle nello stomaco, ha continuato ad andare avanti. Ad ogni passo che faceva, sapeva nel profondo del suo cuore che l'avrebbe portata più vicina alla felicità.

Suo padre gli diede un ultimo avvertimento prima di consegnarla.

Tenendo la mano di William, stando davanti al prete, pronunciò i suoi voti, ascoltando quelli di William e innamorandosi ancora di più.

Quando arrivò il momento di baciare la sposa, lei andò volentieri tra le sue braccia. Non c'era modo che non lo facesse.

Nel momento in cui le sue labbra caddero sulle sue, la sua vita sembrò completa. Aveva William, era sua moglie ed era incinta di suo figlio.

La prospettiva del futuro la riempiva di felicità.

"Ti amo", ha detto.

E fissando William negli occhi, non dubitò di lui per un secondo.

Epilogo

Dieci anni dopo

"È una giornata di neve!" disse Laurie, urlando.

Jesse rise dalla finestra della cucina mentre la sua bambina crollava a terra e iniziava a creare angeli di neve. Il loro nuovo cane abbaiava come un matto ma si dimenava nella neve. William, incapace di resistere alla neve, si unì alla figlia, e non passò molto tempo prima che anche Rafe e Tristan si unissero a loro.

Finendo di finire il loro cioccolato bianco preferito alla menta piperita con panna e marshmallow, portò fuori i loro drink, facendo attenzione a coprirsi bene. Le temperature erano crollate e, visto che erano gli ultimi due giorni di scuola, era stato detto loro di restare a casa, fare i compiti e li avrebbero visti a Capodanno.

"Cioccolata", dissero tutti i suoi figli, alzandosi in piedi e correndo verso di lei.

Vedendo la neve attaccata ai loro cappotti, Jesse fu più che felice di aver messo l'arrosto nel forno. Altrimenti si sarebbero congelati.

Mentre metteva le bevande calde sul tavolo, i bambini si affollarono intorno e presero le loro tazze. Vedendo che William era nella neve, si avvicinò a lui.

"Non vuoi una cioccolata calda?" lei chiese.

Lui si allungò, prendendole la mano. Lei sussultò, mentre con uno strattone lui la tirava giù così che lei giaceva su di lui con la neve tutt'intorno.

"Vedi, sei sempre stato il mio angelo della neve, tesoro", disse.

"Sono un angelo della neve molto pesante."

"Niente del genere. Gli angeli sono tutti leggeri come piume".

"Sono una piuma molto pesante." Era incinta del loro quarto figlio e ne hanno avuto la cresima qualche settimana fa.

William la avvolse tra le braccia e lei sentì la forte pressione del suo cazzo. "Pensi che ti senta come se qualcuno fosse infastidito dal tuo peso? Ti avevo già avvertito, Jesse, adoro il tuo corpo e le tue curve. Non cambierà nulla."

Non poteva fare a meno di sorridere. "Sono passati dieci anni", ha detto.

"Lo so, e ti voglio ancora come se non ti avessi già avuto due volte stamattina. Mi vuoi ancora?" chiese.

"Sempre." L'amore che aveva per William è solo diventato più forte. Non voleva rinunciarvi nemmeno per un secondo, e non aveva mai avuto intenzione di farlo. "Comunque, te lo chiederò tra altri dieci."

Ha riso. "Puoi chiedermelo ogni singolo giorno della settimana e, indovina un po', tesoro, sarà sempre lo stesso. Sei la mia donna e ti amerò per il resto della mia vita.

Ancora una volta, le piaceva sentirlo dire questo.

Lì, con la neve tutt'intorno, reclamò le sue labbra, ignorando i bambini mentre emettevano suoni disgustati.

"Ti amo, moglie", disse, interrompendo il bacio.

"Ti amo marito."

"Facciamo una palla di neve ai nostri figli."

Gli diede abbastanza copertura per afferrare una palla di neve, e piuttosto astutamente si alzarono. Al tre, iniziò la battaglia a palle di neve e Jesse tenne la mano di suo marito per tutto il tempo. Non c'era modo di separarli e, quando passarono altri dieci anni, la sua risposta fu la stessa di quella di lei.

Fine

Don't miss out!

Visit the website below and you can sign up to receive emails whenever Ashley Colem publishes a new book. There's no charge and no obligation.

https://books2read.com/r/B-A-TMQAB-UPCSC

BOOKS 2 READ

Connecting independent readers to independent writers.

Did you love *Sta per Averla*? Then you should read *Prigioniero in una Notte di Neve*[1] by Ashley Colem!

[2]

Oh, notte nevosa, le stelle brillano intensamente. È la notte della grande caduta del taglialegna. Il suo cuore era rimasto a lungo in un sonno eterno. Finché lei non apparve e la sua anima ne fu affascinata.

Un brivido di speranza, il mondo del romanticismo esulta. Perché una nuova gloriosa storia sta per iniziare. Apri i tuoi lettori e leggi questa storia.

---

1. https://books2read.com/u/3nG9p5

2. https://books2read.com/u/3nG9p5

Also by Ashley Colem

Bien Trop Brutal

Obsede Par Elle

Limite dépassée

Amour Improbable

Kataliya, la Parfaite Élue

Le Choix Ultime d'un Seul Amour

Réveille-toi, Barbara

Sexe à Répétition

Taïna est en feu

Captive d'une Nuit Enneigée: Jusqu'à ce qu'elle apparaisse et que son âme se sente captivée

Ces Attouchements Tabous: Cette nuit-là, il a changé ma vie pour toujours

Épuisement: Sienna est peut-être jeune, mais son corps sait ce dont il a besoin

Il va l'avoir: William veut Jesse plus que tout au monde

La Femme de ses Rêves: Il est obsédé par la jeune beauté qui lui a volé son cœur

Le No 1 des Connards: Il ne cherche pas d'excuses pour ce qu'il est ou ce qu'il fait

L'étrange Mariage du Milliardaire

Maintenant... Elle est à moi pour Toujours: Je mets un bébé dans son ventre et une bague en diamant à son doigt

Piégé par elle
Tenir si Fort: Il ne savait pas qu'une obsession pouvait s'emparer de lui aussi fort
Un Alpha de Mauvais Caractère: Aucune femme n'a jamais été capable de le gérer
Un Échange Très Étrange: Le destin de Cian et de Serenity, croisés dans un lycée américain
Limite Superato
Amore Improbabile
Kataliya, la Perfetta
La Scelta Definitiva di un Singolo Amore
Sesso ripetuto
Taina è in Fiamme
Esaurimento
Intrappolato da lei
La Donna dei Suoi Sogni
Lo Stronzo #1
Ora è mia... per sempre
Prigioniero in una Notte di Neve
Sta per Averla
Stringere Così Forte